Le murmure des pensées

Virginie Barez

Le murmure des pensées

Roman

ISBN : 979-10-422-2323-6

Avant-propos

S'apprendre à vivre, aimer et mourir :

Connaître une suractivité de la perception sensorielle après une peur profonde a été mon lot à 33 ans.

Serait-ce la mémoire de ces quelques temps passés à côtoyer l'histoire de la vie ou une trace de l'au-delà ?

I
La rencontre

Il a réservé sa chambre d'hôtel, mais n'y dormira pas.

Serait-ce une petite mort ?

Le dénouement de la rue l'attire plus que de dormir. Les angoisses l'assaillent.

— Qui peut entrer dans la chambre d'hôtel ?

Dehors uniquement des portes jointes. Ce dédale s'accorde à l'unisson avec son cœur, tel un bloc.

Dans sa chambre, il se fera enfoncer la porte.

Et voler que des choses qui ne lui appartiennent pas, des biens récoltés au gré de ses péripéties.

Au matin, il changera, il acceptera le 115, pour mieux se revoir une nuit.

Une femme lui confie une vente de boissons, 150e qui en feront 200.

Et il appelle… et il prie.

Et il quémande… et il dit.

Que valent nos vœux dans une telle solitude ?

Belleville lui rappelle un parfum d'Algérie.

Un SDF qu'il appelle « frère » lui fredonne au goulot un air slave.

Il le suivra sûrement jusqu'au lendemain.

À tout tort, tout appris.

À toute peine, tout remis.

Son bagage rempli d'affaires, d'autres le président un instant. Sa démarche est chaloupée, le muscle en prend la relève.

Une fleur se dessine dans le cri de ses larmes sourdes.

Cette fleur c'est son instinct, sa fête de vie, sa marque de fabrique.

Cette survie, il l'a presque choisie, elle l'amène à expier ses doutes. Elle le mène à sa révolution.

Le cœur transi, il a les poignets libres, mais tendus vers un avenir incertain. Il conserve un regard physique.

Y aura-t-il des noces dimanche sur le parvis, l'inclinant sur son chemin à penser à sa vie ?

Et quand bien même, pourrait-il s'adosser pour garder une part de ce lit ?

Entre inséré stable et désorganisé social, le pas c'est l'ennui, la facticité du lien, le manque à vivre.

Une jeune femme passe. Elle a le regard vif, la marche nonchalante. Elle s'installe un instant sur les bordures de la Place de la République.

L'homme se dirige vers elle pour lui demander une cigarette.

Elle lui offre. Leurs yeux clament avec une innocence.

Veux-tu m'héberger ?

Veux-tu m'aimer ? rétorquerait l'autre.

La femme sourit. Elle lui propose un café.

Subrepticement, des regards se frôlent.

Notre homme pensait :

Préfères-tu m'adapter à tes repères ou aimes-tu me laisser choir ? s'interroge notre homme.

Mais si un jour je n'entre plus dans tes valeurs, vas-tu me garder en repère intemporel malgré tout ?

Ou, pourrais-tu nous aider à grandir sans nous meurtrir ?

D'où tiendrais-tu d'ailleurs cette force de renégat sans l'être à ton tour ?

Dans ta foi, ta compassion ou ton désir de reluire ?

Il prit la parole :

— Tu es un paysage, dit l'homme.

Une terre s'exprime en toi, pense-t-il et c'est toute l'élasticité de ton être qui s'exprime pour débouter.

— Et toi, acquiesça-t-elle, ta liberté, tu l'exprimes comment ?

… Un espace est donné… et tu repars pour 1000 tours.

Regonflé à bloc ?

Ces deux-là paraissaient se connaître, mais il n’en était rien.

Intempéries

Elle reprit :

— Jusqu’où ta force de vie ? La fièvre, le froid, le chaud et le divin. Jusqu’à l’intoxication de ton être peut-être.

La saveur tiendra au mélange.

Le résultat, s’il peut s’évaluer, en serait la clé.

— Désormais je t’accompagne dans ton fidèle destin, dit l’homme.

Pourquoi nier l’effet d’un regard derrière une fenêtre ?

Tu me laces le chemin tous les matins lorsque je te vois. Toi te mélangeant à la pierre, moi de passage.

— Crois en toi, me dit ma voix, tes petits pas précèdent nos routes aux longues enjambées.

— Tu revis du vide chez l’autre.

Je me nourris de ton rien, dit Narnya.

Et la route comme une étable nous convient.

— Je lutte comme ce n'est pas permis, je supporte dans mon âme seule… et voilà l'escorte.

Cette nuit tu rêveras de moi et de mon toit et pour loi, je m'enivrerai de toi au point que mon esprit échappe à ce nid pillé, pour mieux reconstruire dans ma mémoire la prunelle de tes yeux et de tes jours heureux.

— Des jours, des mutations, des promesses honorifiques.

Comme un ciment qui enveloppe ma poitrine, je peine à respirer.

— Je ressors de cette expérience avec toi avec un trou immense, quelque chose à combler sans jamais pouvoir le tolérer.

Au vent, qui caresse, fouette et élargit ton visage.

À l'œil, qui persécute ta vie, qui résiste à l'expression du néant pour mieux te recouvrir d'une mue fœtale, toi pris dans ton gourbi.

Tes pétales blancs ont disparu avec la rosée. Ta robe pourpre est allongée pour l'hiver.

Qui marchera sur ta traîne ?

Chaque pas rapide l'efface, mais comme une abeille tu retisses ton miel en parcourant ton quartier.

Alors finalement vivrais-tu que ce qui t'est donné de vivre ou te délivrerais-tu de ce maigre calice ?

Toi seul à la vertu d'un détour sur tes actions.

Temps trop long à errer dans cette rue, bouches antipathiques, jeunes filles azimutées.

Quand l'espoir se livre, fasse que tes casiers à images se vident.

Si l'on n'a plus rien à se vivre, rappelle-moi le soleil radieux.

— Tu m'extrais au sommeil pour moins pâlir.

Je nous ressemble.

Tu nous rassembles.

Un arbre de vie continue à nous conférer ses convictions.

Mais on ne sait où tombera le noyau du fruit mûr.

Tu vis à un euro, cartonnes à un heureux.

As-tu mangé aujourd'hui ? Je demande d'une voix fébrile.

Tu ne réponds pas. Chaque jour s'en remet au lendemain.

— Devant toi je n'ai presque plus mal, presque plus honte, le voile étant levé sur notre dépendance à vivre.

Je rougirais de cette mise à nu si je ne savais pas partager.

Mais notre homme avait un don qu'il allait découvrir.

II
Papillon synchro frénétique

Après cette vie à la rue, cette rencontre avec Narnya, il fit une expérience kafkaïenne.

Il appela dans le hangar… personne !

Il raconte :

Une voix intérieure me somme de m'installer dans le petit fauteuil en cuir jaune à l'entrée du salon de l'appartement habité. Une kitchenette aménagée jouxte le vide du lieu.

Je m'exécute donc, percevant l'étrangeté de la situation.

Un chien était là, haletant, qui buvait son eau dans son écuelle. Un papillon vint se poser sur le bout de mon nez, serait-ce le signe d'une présence amie ? Me voilà en présence de deux compagnons, peut-être m'accompagneraient-ils sur ma route indécise.

J'allumais la télé et m'endormis. Les images sortaient de l'écran, un rêve me pénétra envahissant ma pensée au-delà du réel et dans mon dos une nuit étoilée comme si la main de Dieu se posait sur moi, comme si d'un voile je me sentis protégée.

À l'orée de mes songes, une ombre… une main tendue dans le néant et moult fleurs et paysages divins. Une succession d'images en cascade produites par mon espace occipital vinrent à ma conscience.

Un dédale de jeux naturels de couleurs et de formes abreuvait désormais mon subconscient, qui nourrissait mon âme en perdition.

Isolées, terrassées par l'ennui, cette cavalcade et succession de poissons mangeurs d'eau et de portes de feu scindaient mon esprit en deux. Je luttais pour faire la part des choses entre ce rêve conscient et la réalité de la pièce lugubre.

Je perçus des sons au grenier, comme un passage vers les cieux.

Je me fis une tisane qui ma foi m'emmena dans des contrées inexplorées. Ce liquide fut comme magique, une liane me fit monter au ciel. Je décidai de me lever, mes affaires jonchant le sol, je les ramassais, m'habillais.

Dehors, il faisait un froid polaire. J'attachais mes lacets quand ils m'apparurent comme vers de terre entre mes mains, s'entrecroisant à une vitesse surprenante.

Je mis mon chapeau, ressemblant à un apparat de neige sur ma peau encore chaude. Je rejoignais la banquise. Je m'agenouillais alors pour saluer le chien, dont la langue saliveuse vint asperger mon visage. Celui-ci décida de me suivre dans mes péripéties. Un sentiment d'appartenance réciproque naquit.

J'ouvris la porte puis une nuée de gouttelettes m'arrosa, un océan de lumière me submergea. Dans mon esprit, une falaise, digne des plus belles, ornait le bord de mer ensoleillé. Des individus jouaient avec les vagues. Le ruissellement de gouttes vaporeuses perlait sur le sol endormi.

L'arbrisseau juste à côté de la porte d'entrée avait une saveur toute particulière, son parfum m'attira. Ses feuilles étaient tendres et je me transformais en un équilibriste de la nature. Un clown collant une feuille sur le bout de son nez.

Un son retentit dans le hangar, j'allai voir. Le mur de la douche était endommagé, un trou laissant apercevoir les souris et la construction interne de la paroi me fit penser à un monde secret. Des formes se dessinèrent sur le sol, comme la montée au ciel de larmes échappées des hommes.

J'y étais, en pleine métamorphose. Ma vie prenait un tournant insensé. J'entendais ce que pensaient les hommes sur terre.

Je retournai auprès de mon arbre et aux abords de l'eau. Une explosion des sens comme décuplés fit battre mon cœur. J'entamai mon chemin à la rencontre des autres. Non loin de là, la civilisation !

Des voitures roulaient à pas de loup, la pluie recommençait à tomber. Des rues grises m'assommaient de leur monotonie, mais porté par un pas de géant, je traversais la ville à l'affût de visages identifiables par leur sentiment.

Il me semblait que ces êtres avaient perdu la vie et erraient dans une organisation quasi humaine. Peut-être étaient-ils morts, montés au ciel comme moi ?

Non, ils vivaient et chaque pensée diffuse fracassait mon esprit. Ne sachant plus ce qui venait de moi ou de l'autre.

L'homme comprit qu'il se passait quelque chose d'inhabituel.

III
Je t'offre mes perles et mes sentiments en question : la désuétude

Depuis cette expérience, il percevait donc les échos de pensée de personnes croisées de-ci de-là.

Un jour, il s'attendrit à l'écoute.

Une femme, assise à une table, longue, interminable, dans le salon de sa demeure.

Elle est baronne, elle pense et s'interroge :

Et pourquoi ne pas t'écrire ces quelques mots, mon amour… se dit-elle.

Toujours une dissonance entre la situation qui se donne à vivre, mon ressenti, parfois analysé en différé et la construction de ce que je voudrais qu'elle soit.

Le charme qui agit sur moi, tel un parfum ayant un puissant retour, ne disparaît pas.

Un jour, une nuit, je reviendrais vers toi, même si tu ne m'attends pas, peut-être m'entendras-tu.

Un voile nous sépare. J'ai joué cette scène 1000 fois avec d'autres, d'une rencontre à laquelle rien ne s'oppose. Pourtant, si nous avions lutté en lieu et place, sûrement serions-nous réunis.

J'ai peur de te perdre un jour, que mon imaginaire s'évapore tels une goutte d'eau à ton cou, un foulard oublié dans un train, un mouvement brusque d'humeur qui sait ?

Car parfois j'égare bien des choses. Comment vivre sans toi, à mes côtés. Tu me fais danser, et rire.

Même si je suis cachée, je t'admire. J'aime ton éloquence quand tu te passionnes, ton attachement à tes vœux, et ton endurance dans l'adversité.

Seul toi saurais dire si le soleil brille, et pourtant je ne te crois jamais capable de m'aimer.

J'ignore les raisons de cette querelle intérieure, qui nous a menés à nous perdre de vue. Pourtant je te sais présent tous les jours, dans mon regard, à l'écoute de mes intentions.

Jurons ne plus se voir, et tournons la page de ce livre, où j'ouvre mes entrailles, pour mieux lire l'avenir, nos retrouvailles en des temps incertains, mais probables.

Si tu t'étonnes parfois de la portée de mes mots, sache qu'ils sont colorés par tes yeux délavés, par ta bouche de velours et tes mains lentement animées telles que dans un gant de soie rose.

Je mets à jour ces pensées pour mieux te revoir cette nuit dans mes rêves, ou demain en songe.

Si une lueur pointe avec espoir, je ne saurai dire un mot de cet instant dans l'obscure chambre où je dors sans toi.

Où va le sentiment d'aimer, d'où vient-il ?

Peut-être une chimère, peut-être est-il diffusé par le battement de mon cœur, un son, une image au moment T qui s'associe et se profile telle une fusion des sens, ou une synergie.

Peut-être que je t'aime encore, en corps, fort ou mal. Je ne puis être l'agent de cette construction et l'acteur principal.

Alors, nous allons créer ensemble un jeu de rôle : il y aurait l'amante égarée, moi en l'occurrence, la dame de cœur et l'homme de loi.

Je vais tenter d'écrire et décrire un dialogue visant la re- conquête de mon esprit par lui-même pour un jour te déclamer quelques mots bien assurés. Une fois tout mesuré, peut-être que ma requête te semblera légitime.

Jeune femme, je n'avais point de regard vers moi de la gent masculine. Et moi de ce fait, je ne voyais qu'à peine le sens d'une relation de désir.

HOMME DE LOI : Madame, sauriez-vous m'expliquer cette précision ? ajouta-t-il.

Oui Monsieur, je peux vous assurer que mon vœu intérieur allait dans le sens d'une vie de célibat, pour ne pas faiblir devant un cœur. Oui, Dame de cœur, une suggestion ?

DAME DE CŒUR : Est-ce le rejet de vos peurs qui signait ce souhait ? Est-ce l'offense du manque de regard des jeunes garçons qui vous a dissuadée à cette époque ?

Je n'ai pas su simuler de situations de rencontre, je n'en avais pas l'idée, annonça l'amante détachée.

Et puis les années ont passé, et j'ai découvert le premier baiser, puis rapidement me suis frottée à cette réalité de la sexualité. La machine s'est emportée jusqu'au point où je ne dissociais plus désir et engagement. L'envie ouvrait la porte-du possible, et rien ne m'aurait fait reculer de cet élan.

Mais j'oublie de vous dire qu'après ces premières années de vœux, il y eut d'abord un combat envers moi-même pour m'apprendre à me battre face aux affronts que suscitait en moi le monde environnant.

Le soir je revisitais ma journée, et en arrivais au point de conviction que je devais me lever et me battre peut-être un jour pour ma survie, mon intégrité.

Puis dans le miroir je ne reconnaissais pas toujours ce visage, qui chaque jour me semblait dessiner de nouveaux traits et expressions.

HOMME DE LOI : Alors quand et comment a surgi dans ce conflit la nécessité d'envisager l'autre comme une fin ?

Peut-être après un premier baiser emprunté, répondis-je.

Au détour d'un chemin, d'une fête, pour jamais le rendre… sauf à une autre.

DAME DE CŒUR : Comment se succèdent par la suite les visages, les histoires, et les corps ?

Peut-être ainsi tout simplement, avec cette duplicité que chaque histoire se poursuit en une autre, différente, mais traversée par le même fil rouge de vie, peut-être ma personne. Rien à mon souvenir n'a été symbolisé au moment de ce premier pas… même pas un au revoir.

Puis le second, langoureux, plus long m'a fait perdre patience, mais découvrir le vœu d'aimer finalement. Finalement, cela est venu vite. L'empreinte du second est restée longtemps indélébile.

HOMME DE LOI : Comment devenir désirable aux yeux de l'autre et de ce que nous-mêmes nous ne désirons point à la base ?

Est-ce que le désir naît de l'autre ou de soi ? Cette question mérite une réponse pour arriver jusque toi.

Lorsque l'on veut voyager, c'est nous-mêmes qui construisons les étapes, et laissons être l'aventure à l'autre… et si l'autre s'en saisit alors nous répondrons probablement par la réciproque. Si quelqu'un colle aux mêmes désirs que vous, c'est la fusion, ou le désir contrarié, si le projet l'est aussi.

Se jeter en avant dans les bras d'un inconnu, qui en sait plus que vous sur le territoire où vous ne faites que passer, est-ce un souhait d'appartenir un instant à cet endroit ou êtes-vous réellement traversé par cet être, passager et chargé de sa propre histoire ?

Si l'homme a besoin de s'ancrer, il a aussi parfois le besoin d'être autrement que ce qu'il vit dans son cadre habituel.

Peut-être aimer c'est se sentir à nouveau puissant, en pleine re- connaissance de ces sensations, mettant à disposition tout l'arsenal des potentiels.

DAME DE CŒUR : L'amour comme révélateur, ou comme fiction de soi, au sens d'une reconstruction d'identité influencée par ce que l'être aimé voit et attend de vous ?

HOMME DE LOI : Et si se ré inventer impliquait de savoir réduire sa propre présence à un humble accueil de l'autre ?

Nul doute que tout cela est mélangé…

D'où le fait que l'œuvre est parfois ardue à réaliser, car quel sentiment prendra le dessus : l'esprit de conquête, l'orgueil, la tolérance, le désir brut ou bien la compassion, ou bien l'humour, parlons-en ; est-il de matière à flatter son propre sens de la répartie ou à amuser celui qui écoute ?

HOMME DE LOI : Si l'humour vient combler une détresse, et qu'il est source d'ouverture vers la solution du problème, c'est une fonction du rire de libérer… mais s'il vient masquer la pauvreté d'une idée, peut-être garde-t-il une portée à court terme, juste un moyen.

Si je me soulage d'une peine, peut-être serai-je assez altruiste pour saluer cet effort en l'autre, mais… j'y vois là juste une facilité à prendre ce qui fait du bien, sur l'instant. Mais en quoi ceci serait problématique ? Nos contemporains nous conseillent souvent vivement de vivre l'instant présent pour lui-même et d'en savourer l'état d'entièreté.

DAME DE CŒUR : Ne pas fuir ce qui est, au profit de ce qui n'est pas encore et ne sera plus.

L'amour c'est préserver l'autre, pourrais-je dire… Cet instinct est précieux.

Pourtant tu es parti.

Reste que je t'ai exposé à mes doutes, et dès lors que j'ai fait part de ma fragilité, peut-être m'as-tu perçue différemment.

La subtilité dans l'attachement réside sûrement dans le fait que j'aurai dû maintenir cette pensée que tu es mon essentiel.

Notre intimité n'aurait pas dû en pâtir. Quelle hirondelle accepte dans son nid l'intrusion du tiers, le doute ?

Mais Dame de cœur, cette visée universelle de l'amour n'impose-t-elle pas d'être réduite à une singularité et par là même d'interroger la relation ?

HOMME DE LOI : Le plaisir est source de sensations multiples, la diversité des sentiments porte l'être humain à être enclin au doute, à questionner la réalité.

Quelle saveur aurait la vie, si je n'avais pas été en lien avec mes ressentis, puisque c'est de là même que naît le désir ? Mais j'ai peut-être remis en question trop fort le fait d'être dépendant de toi. Car si je deviens accroché à ta présence, comment vivre ? La preuve, je ne suis désormais qu'attiré par toi. Même si tu es absent, je te rends présent.

Un lien contigu avec l'expérience passée à tes côtés, mais l'élément marquant n'est pas le souvenir de quand ou où, mais avec qui et comment ?

L'amour est-il infidèle par définition à partir du moment où il pose les yeux sur un autre objet, convoite une autre réalité ou l'adaptation et la capacité de transformation de cette relation en sont la condition ? Si la relation ne dure, c'est qu'elle était fixée sur un mauvais objet, le motif de l'union ne devait pas être suffisant, ou régénérant.

L'essence du lien est de traverser l'adversité, non de se détacher pendant le transfert d'un lieu à un autre, ce serait comme détacher sa ceinture sur une route où l'on conduit.

Mais qui conduisait qui ? Se peut-il que tu aies choisi l'autonomie à la poursuite d'une relation ? Vivre seule par exemple, pour ne plus être tributaire de l'autre… Alors ainsi je t'aurai peut-être facilité le travail ou je n'aurai pas vu cela avant…

J'ai tellement besoin d'éclaircissement et de reconnaissance de ce qui s'est passé entre nous. Et si tu n'avais pas les mots, la patience, l'écoute. Ainsi je t'écris pour que tu en mesures bien la dimension, et si tu ne prends pas le soin de lire, c'est que mon énergie envers toi est passée, et que je dois me détourner.

Si l'amour égale la souffrance… si aimer équivaut à souffrir, à avoir peur de perdre et vérifier sans cesse ce désaveu, pourquoi aimer l'amour ?

DAME DE CŒUR : Est-ce un être ou l'idée que tu convoites ?

Convoitise ? Expertise, je ne sais, mon cœur se débat d'en haut au firmament avec les idées, mais je sais qu'à terre, c'est elle que j'attends. Je ne prononcerai pas son nom, pour ne pas réveiller ma blessure endormie.

Je reprends toutes mes jalouses paroles, tous mes secrets. Je les avale. Si je m'aliène, ce sera de mon propre poison.

Et la connexion avec l'autre disparaîtra avec mes turpitudes.

La folie permet-elle un lien avec le divin, car si seul dieu m'entend à présent, je ne saurai plus parler avec elle, je ne saurai plus récolter le miel si précieux à mes yeux.

Je crois pouvoir dire que je serai courageux.

Je pourrais balayer mes souvenirs eu égard à un dernier baiser. Mais à quel point le nommer, aura-t-il lieu suite à un regard, un mot, un geste tendre ? Ou une frénésie… de justifications.

Intempestif, je me détache du verbe « aimer » quand je dis « elle » et non plus « tu ».

Un effet de ma conscience à re- situer l'autre dans une réalité plus lointaine, plus doucement évanescente.

Alors s'effacera bientôt peut-être à tout jamais de mon cœur, de ma peau ce dessein incertain, car tel un schéma illogique, Amour + Souhait n'égale pas l'être aimé peut-être est-elle plus que ce que j'apprivoise, car elle a en partage sa liberté de choix.

Cet être fini, que je définis comme l'amour, n'est autre qu'un vecteur vers ce que je souhaite vivre.

Alors se décompose son visage, se délient ses jambes croisées et ses mains portées sur moi.

Mon corps en désuétude, mon âme en colère ne saurait souffrir encore de ce manque.

Je n'ai rien à y gagner. Je dois continuer d'écrire pour oublier. L'écriture me permet de délier les idées accrochées en paquet. Ce bloc est contraint à être brisé, en morceaux, puis décortiqué.

Le prisme de mon vécu devrait nourrir mon inspiration. J'écris ce que je pense, et je panse ce que je ressens.

L'ombre forme un corps démembré, peut-être, mais en mesure de se restructurer à l'instar de mon image de moi, et avec cette estime de la vie.

Si ces mots résonnent, c'est que j'ai raison de poursuivre cet effort de conscience que toute chose est amenée à disparaître tout en se transformant. Passage d'un état à un autre. Je deviens intelligent de ma pensée, de mon vécu, de mes maux… de mes mots.

Le jet en avant nécessité la prise d'initiative, intention, mais je perçois que cela émane de cette introspection réflexive, dons est censé. De ce mouvement alternant mon moi et mon action sur moi, une nouvelle perspective peut jaillir. Ou tout au moins, se faire jour pour que le jour suivant revienne, sans être la pâle copie du jour passé. À t'attendre, car effrontément, tu te dissuades peut-être de le faire. Et tu as raison mon amour de ne pas être aspirée par la spirale du « je ne sais pas, je n'ai pas la chance de pouvoir faire ce que je veux… Cela ne dépend pas de moi, et qu'en penseront les autres ».

J'ai assez de mots à mon vocabulaire pour ne pas harceler ni moi ni personne. L'omerta, dont je procède a fini d'être.

Car cet assaut est une guerre contre moi-même, en moi, en soi.

Est-ce que cette guerre recherche la paix ou aime le désordre, cette façon inconditionnelle de questionner dans tous les sens ?

Tel un musicien sans instrument, un passant… un pas sans toi était encore impensable hier, mais aujourd'hui je trace mes pas, sans toi, sans ligne double de conduite.

Car de toutes les manières, tu n'aurais pu, tu n'aurais su être là chaque instant.

Si je fais de toi un souvenir radieux, peut-être ta lumière diffusera sur ma vie tel un soleil dans la nuit éclairant l'obscurité et non brûlant la lueur encore discrète.

La séparation est en soi douloureuse si elle n'est pas jonchée de repères, m'as-tu assez aimé pour parsemer ce chemin ? Si tant de questions viennent à mon esprit, c'est peut-être que non, par ailleurs les idées s'alignent et se suivent donc c'est que j'ai gardé mon raisonnement. Et par là-même que je ne suis pas détruit. Mais il aura fallu du temps et de la pensée pour trancher sur l'angle de vue pour traiter ces sujets.

L'astre autour duquel je tournais n'est plus. Je sens poindre la rupture, son élément significatif en le verbe d'avant utilisé à l'imparfait.

Et si tout cela était le fruit d'un calcul inconscient pour se libérer, de l'emprise, de l'étreinte de celui qui me possède malgré lui.

Pourtant tout être vivant recherche l'eau et la lumière… telle une plante grimpant toujours vers le ciel.

Étage après étage, d'étape en étape… je grandis.

Alors que notre homme murmurait près du mur, il se rendit compte que la baronne l'entendait par les voix de l'homme de loi et la dame de cœur, co-construction avec cette interlocutrice passionnée d'amour pour son désir.

IV
Les antennes de l'hiver, Narnya

J'ai été victime moi aussi. Victime de mes perceptions diffuses après cette expérience de rencontre.

J'ai 33 ans. Je m'appelle Narnya. L'espace-temps bascule.

Je n'ai que les mots pour finir de ré- appréhender ce qui s'est passé, et le souvenir.

Triste sort de chercher un coupable à notre histoire. Alors je souhaite présentement en restituer un récit pour mieux m'approprier cet irréel, ayant cependant existé dans mon esprit.

Mais il y a la bascule des mots eux-mêmes. Parfois les mêmes, parfois différents, découpés, vidés comme un poisson de leurs entrailles et reconstitués tel un gâteau gastronomique.

Un morceau de sucre fond dans le café.

La semoule gonfle au contact de l'eau.

Comment transcrire cette sensation intérieure de parois imperceptibles qui se meuvent, se déploient et se dispersent ?

En effet, comment justifier et expliquer que ce qui semble invisible ait pourtant une consistance ?

Le sentiment d'un nouvel état psychique intervient subrepticement après chocs en multitude et peut nous transformer en deux temps, deux mesures. Le corps pique, il réagit.

La mémoire de son propre visage n'est pas toujours accessible. On capte une situation, un ressenti, mais n'avons pas le film exact du vécu.

Une radiographie ne suffit pas à le restituer.

Comment un prisme nouveau sur mon identité et mon ressenti m'a fait passer d'un mode actrice – détentrice à passive – hyper stimulée ?

Mon cerveau s'est en effet accéléré à la perception de ces bouleversements.

Des conflits avec le monde intérieur tout d'abord, et le fait du franchissement de ce seuil par l'analyse de l'extériorité à mon corps.

Cet imaginaire tout à coup foisonnant où l'on s'invente des luttes et des démons pour combattre le simple passage d'idées nouvelles, survenues.

On sort alors tous nos étendards, nos drapeaux blancs, de paix, mais l'idée d'un conflit préfigure, d'un risque éminent se ressent.

À cet âge, on s'interroge sur le fait de faire un enfant, d'acheter un bien, ou de voyager.

Mais finalement prisonnière de mon intériorité, un nouvel état mental surgit tel un tigre.

M'étais-je trop projeté dans les maux de l'autre sans me recentrer, me protéger.

Le fait est que j'ai bien basculé dans un imaginaire gigantesque et noué et voué à se surpasser.

Revit-on les méandres de cette pensée, et de ce corps m'accompagnant depuis 33 ans.

Pourquoi basculer ? Manquais-je d'attache à la vie et pourquoi ?

J'ai longtemps réfléchi au fait que peut-être toutes nos orchestrations laissent entrevoir un dénouement caché, un scénario secondaire où nous détenons toujours le premier rôle, un disque dur que nous enclenchons malgré nous.

Il est possible de revisiter peut-être, d'inventer et la part d'intuition vaut son pesant d'or l'histoire de son vécu.

Mais comment nous a-t-il été raconté à des âges où nous ne souvenons que par bribe. Pourtant oui tout est là en puissance. Et c'est cet élan, de super héros de sa vie qui fait subsister malgré l'adversité. Sinon l'esprit se meurt de l'intensité et du flot de pensées conjuguées. Ou se désavoue et telle une terre se fait envahir par des phénomènes rétroversés. J'entends par là que l'esprit semble produire des échos de nous, mais transformés, et non analysables par la perception, car inhabituels, non reconnus dans leur forme.

Demeure que l'on peut donc comprendre, mais que la seule façon de lutter selon moi et de se situer au cœur de ces manifestations. Le « je » se bat contre le « nous », puis le « vous ».

De batailles en sensations, doit-on oublier cette expérience, tel un dieu ayant ouvert la boîte de pandore et découvert pour ma part un joyau de beauté articulée visuellement telle la plus belle des visions du monde.

Comment mon cérébral a-t-il enregistré ces images, cette mouvance ?

Les a-t-il déjà vues ?

Est-ce une réminiscence et une production de l'énergie utilisée pour vivre ?

Chacun peut y aller de son interprétation.

Je reste nourrie de mon histoire personnelle, mais j'appartiens au monde, je dépends de lui. Je me le représente aussi et tente d'avoir une action sur lui, au-delà de toutes les lois de va-et-vient entre le monde et moi.

C'est pour ceci que j'écris pour la trace de mon témoignage, pour préciser les mots et réajuster un lien entre moi et le monde, au risque de me dévoiler.

Si je m'externalise, si je m'exporte dans un irréel.

Je déploie ma capacité à me réduire à un prisme captant lumière, bruits et ressentis.

Je fermais alors les yeux sur ce monde coloré, vivace, et tout à coup accessible par la vision.

Alors, écrire tel un moment inaugural, oublier pour pouvoir revenir.

Réenclencher la représentation du système social pour y vivre, y permuter des effets et des causes.

Mais rien n'est plus difficile après certaines expériences que de retrouver une place dans cette société.

Comment ne pas être hantée par cette expérience de franchissement et devoir repasser encore le seuil de la conscience qui se reconstitue progressivement pour laisser émerger une posture, un nouveau rythme, des habitudes et garder au cœur l'exaltation ?

Ce déchirement d'avoir été de telle manière et de s'être transformée sans savoir comment vraiment cet évènement est advenu laisse l'empreinte d'une méconnaissance de soi et fait souffrir.

Alors je ne tiens rien, je ne tiens pas ma vie ?

J'ai le sentiment d'un long printemps avant mes 33 ans, d'une modification de l'espace-temps ensuite puis du retour de l'alternance de saisons.

Les modalités de repli en hiver, d'éclosion au printemps, d'émergence en été et tombante à l'automne.

Ou serait-ce la foi qui m'agite ?

Je ressens un élan vers cet au-delà souvent.

Mon esprit s'est-il ouvert ?

Ce « miraculeux », cette source de joie découverte, comment l'oublier ?

C'est une rencontre avec toi, avec moi, avec le monde.

Sous-jacent et tant caché. L'expansion de mes images mentales : des eaux et couleurs à foison, un monde aquatique animé, un dédale, un aquarium peut-être je ne sais.

Comment évacuer ces représentations monumentales de mon esprit ? Aurais-je pu voir un songe, l'état d'un désir, mais d'une hallucination incarnée, comment est-ce possible ?

Mon esprit me prévient-il d'une mémoire ?

Puisse-t-il me préexister avec tant de visions ?

En effet mon moi a certainement usé de ses talents pour retrouver une source vive. Et vivace celle-ci s'est déclinée sur un mode de vivance. Une exploration de mes sous-sols et greniers… Un film inoubliable.

Comment la foi s'incarne-t-elle en nous ?

Vision, déduction, intuition ?

Mes yeux pleurent de cette vision.

Je fais tout pour résister au miracle, mais la fatigue me guette et s'installe. Je ne peux pas lutter, je dois me reposer et fermer ce sas.

Est-ce une injonction divine, ou le souvenir passé d'une mémoire ancienne ?

Voici l'état exact de mes questions.

Mais après coup, mon monde intérieur n'était pas assez grand pour rester seul.

Et c'est là que je pris conscience de l'ampleur de cette rencontre à Paris.

V
Les explications

Je voulus te revoir une nuit. Je m'endormis alors. Un rêve étrange vint me pénétrer.

Je te voyais là, jambes croisées, me souffler des mots tendres. Était-ce moi ?

Tu me racontas alors que plusieurs années en arrière, tu eus un accident, et que depuis tu n'étais pas le même.

Depuis tu cherchais la cause de cette culpabilité liée au fait que tu t'en étais sorti et pas elle. Elle, ta compagne, décédée dans des conditions atroces.

Comment pourrions-nous aimer après cela ?

Il semble que tu as décuplé les montagnes de force pour passer ses portes de l'intolérable et as franchi les murs de l'opacité.

Pour ma part, j'attendais tant d'aimer.

Un verbe, une conjugaison, en faire un être animé que j'ai été sensible à ta présence.

Ton don est une capacité, non une fatalité.

Veux-tu t'en séparer ? Fais comme moi, canalise ce qu'il te reste d'énergie positive pour te dédouaner. Et libère-t'en, sinon prends tes vœux en prière et rends-toi utile à l'humanité.

Et je te suivrais.

L'homme qui avait fait des études et de la recherche scientifique aux États-Unis avant l'accident entendit ces mots de Narnya.

Se sentant alors compris, il prit le parti de s'amender de sa tâche et de consacrer à nouveau ce qui lui restait de vie pour aider son prochain, par-delà les maux.

Elle fit pour sa part de ce vide à aimer un chemin de loi, pour l'accompagner.

VI
Le jour d'après

Il était là, sur son lit, briquet à la main pour tout faire sauter.

Juste avant cela, il était sorti de chez lui pour glaner quelques nourritures et cigarettes.

— 17 h 17, la lune commence à danser et tout s'enchaîne : le film de la journée, la déception.

— 0 h 31 : Ma – ma – Mathilde, où es-tu ?

Du MA – dans ce nom-là, peut-être lui rappelait-elle sa mère.

Désœuvré, il décida de rester calme et de ne pas se harceler.

Fumer le stimulait, l'apaisait, lui semblait-il. Il n'avait pas d'autre option que de se captiver pour ses halots dirigés vers le Ciel.

Ceux-là mêmes qui avaient remplacé Mathilde dans ses pensées.

Quitter son disque dur, c'était faire table rase des souvenirs passés ensemble.

En effet Mathilde était morte dans l'accident.

Pouvait-il entrer en contact avec elle et comment ?

Il alla d'abord voir un sorcier, tirant les osselets, mais cela ne donna rien.

Il imagina une cascade de rires qui ne lui fit plus y tenir.

Les jeux qu'il partageait ensemble.

Tels que : Comment s'aimer bien dans la paresse ? À toi de me servir si tu te transformes en crabe… À toi de me dire une vérité sans rougir… Mime-moi un arc-en-ciel stp…

Que de mises en scène, ensemble, des jeux à deux les conduisant souvent dans les bras de l'un de l'autre.

VII
Le fantôme de Mathilde

Errer, il savait malgré son sens de l'acuité éveillé pendant ses années où il était chercheur, Eli eût appris à attendre.

Mais apprendre à aimer, et qu'allait-il devenir ? Serait-il désormais en quête perpétuelle pour retrouver des âmes ou écouter les lamentations des entendants ?

Il lui semblait l'entendre aussi.

Les murs et le mobilier de la pièce lui donnaient la sensation de répondre en écho, par un tas de « tics » insensés.

Était-ce électromagnétique ? Ou la résonance d'une intention de Mathilde ?

La brume du matin semblait dessiner sa silhouette.

Un jour, marchant le long de la Rue du Père-Lachaise, il reconnut son visage parmi les passants dans le reflet d'une vitrine.

Parcourant du regard tous les êtres environnants, elle s'échappa.

Il décidait alors de boire à nouveau un breuvage.

VIII
La réunification

Finalement Narnya devenait Mathilde, son prolongement. Car Narnya revit notre homme, après plusieurs semaines de silence.

Il était amaigri, peu bavard et sombre.

Elle devina un malaise. Où était passée cette force de vie ?

Il lui expliqua que cette autre femme subsistait dans son cœur et qu'il n'en avait pas la clé. Mais qu'il lui semblait une nuit avoir correspondu avec Mathilde, qui l'invitait à poursuivre son élan d'acceptation pour œuvrer au mieux parmi les vivants, elle enverrait des signes de l'au-delà.

Narnya fut d'abord touchée par la confession, puis s'étant sentie délaissée, s'offusqua et lui rétorqua : qu'aimer te fasse souffrir, est ta décision, mais tu ne peux recroire en des sentiments et disparaître ainsi.

L'homme se déroba.

Il fila. Il devait faire son deuil et en souffrait.

Et alla boire au bar-tabac du coin, une pinte, puis deux jusqu'à l'ivresse.

Une sorte de rouleau compresseur dans son esprit essuyait encore la mousse sur ses moustaches.

Il sortit, rentra dans sa chambre d'hôtel puis tomba.

Alertée par cette nouvelle absence, Narnya vint frapper à la porte, aucune réponse !

Elle enfonça elle aussi la porte et le trouva au plus mal.

Notre homme vivait comme une sorte de delirium tremens, une hallucination auditive. Moult voix brouillaient sa captation.

Il lui semblait qu'il devenait fou.

Alors Narnya prit la tête de notre homme entre ses mains et se mit à fredonner un air improvisé.

La réconciliation s'amorçait. Ils reprirent leur conversation.

Un premier accord fut donc entériné entre Narnya et l'homme :

Chacun devait plonger au plus profond de soi pour rester SOI.

Depuis cette dernière vérité, ils se sentaient comme aériens. Ils ne cessaient de croire en leur projet.

IX
Le serment

L'homme : Moi, Eli, je fais le serment de t'aider du mieux que je peux, t'accompagner dans ton fidèle destin.

Narnya : Je m'associe à ce vœu.

X
L’extension au monde

Déjà, il fallait mettre une stratégie au point. Fallait-il demander conseil à une autorité religieuse ? Se rendre expressément à l’hôpital ? Alerter le Gouvernement de cet étrange phénomène acoustique ?

Devaient-ils se faire connaître du reste du monde, devaient-ils agir dans l’anonymat ?

L’heure était à la réflexion.

Après délibération, ils prirent le parti d’éplucher les profils des candidats à l’aide des réseaux sociaux et proposer leurs services.

Et s’intégrèrent dans les groupes de discussion.

Ensuite, ils se feraient connaître, quand la relation serait établie.

Alors ils cherchèrent et repérèrent des candidats à l’écoute pour mieux échanger.

Un second accord fut pris entre Narnya et l'homme. Ils allaient tout déployer pour accompagner les êtres humains vers leur convalescence.

Le sentiment persistant étant que l'humanité était *souffrante.*

Ils se sentaient pousser des ailes. Pourtant, ce vœu était dangereux.

Mais sauver le monde s'accompagnait aussi au-delà de leurs propres failles de la rencontre avec autrui et le désir de batailler pour sa propre intégrité.

De plus, qui d'autre pouvait posséder cette faculté ?

Une guerre peut-être se dessinait. Qui étaient les grands puissants de cette histoire ?

L'idée était de franchir les impasses, construire des portraits tel un artiste et en rendre l'image aux écoutants par souci de retour fidèle à qui est l'autre ?

XI
Le p'tit Paris

Dans ces logements exigus de Belleville, il fut facile d'avoir une idée des pièces, mais pas tant des replis de l'esprit des entendants.

XII
La transcendance

Accroupi sur la moquette, le pas était donné.

Guetter chaque signe infime dans l'infime de cet autre monde de perception, à l'échelle d'une fourmi, d'un saut de puce dans cet univers.

Le but était : être ancré dans ce monde extravagant, et sans tête pour en saisir du sens.

Mais pour soi et uniquement pour soi, car comment arrêter la marche du monde pour réfléchir ensemble à nos choix ?

Étrangement Eli se sentait aussi observé… et écouté…

Et finalement, Narnya aussi avait des souvenirs dont l'ombre était susceptible de ternir l'image d'elle-même et il était trop dangereux de rendre exponentiel l'écho des pensées, ceci deviendrait insoutenable.

S'en remettre à demain sans autre considération était le meilleur choix.

Remerciements

♡ Remerciements à :

La brindille d'hier que je fus et qui se plie sous mon pas
Mais ne casse pas
À la mélodie qui toujours, elle, virevolte
En traçant des sillons dans notre salon
À nos souvenirs d'enfant
Qui prenaient l'accent
À ma famille,
Et à tous les proches et à ceux qui s'y reconnaîtront.
Encore un mot
Et mon cœur bat sans s'arrêter…

Imprimé en Allemagne
Achevé d'imprimer en février 2024
Dépôt légal : février 2024

Pour

Le Lys Bleu Éditions
40, rue du Louvre
75001 Paris

LE LYS BLEU
ÉDITIONS

www.ingramcontent.com/pod-product-compliance
Lightning Source LLC
Chambersburg PA
CBHW062348010826
49168CB00024B/311

* 9 7 9 1 0 4 2 2 2 3 2 3 6 *